卤卤的囧涩时光

【韩】崔完宇 文／图

沈顺花 译

天津人民美术出版社

目录 CONTENTS

PART 1
秘密 - **SECRET**

人生就像赛跑，
但不是一百米短跑，
而是既有上坡又有下坡的马拉松。

我好像是跑了很久，
可是一直都看不到前面的人影。

我并不想得第一，
因为第一永远都只是一个人。

我只想这样一路跑到终点。

一定跑完这场比赛……

不知道是谁最开始说这句话的，

一摔倒，紧接着就很自然地说：

"站起来！"

现在想来，能有这句话的鼓励，

真是再好不过了。

我一次次地摔倒，又站起来时，

我强忍着跌倒的伤痛时，

我都在一点一点地变勇敢，变坚强。

可是我不知道这样到底是好还是不好，

这样下去真的就没关系了吗……

再痛再苦也从不掉泪的我，

不知道这样下去到底是好，还是不好……

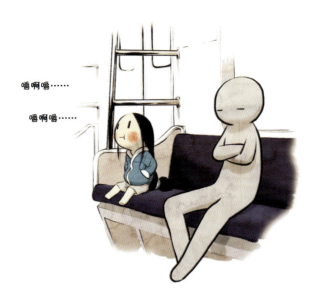

有回我跟人家去滑雪。

哎哟，那边人少！

……

卤卤上哪儿去了？
刚才就一直没见着他。

刚刚见他跑到
中级滑道去了，
貌似那边
正往下滑的就是他吧！

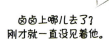

可吓死个我啊……

噢~
进步不小啊！

可不么，
孺子可教啊！

啊……

还能接住吗？

没戏了吧……　　　真掉下去
　　　　　　　　肯定就完蛋了……

屏幕摔坏可咋办？　正好换个新手机？

哦~~

不……不行！

我这可是分期付款的啊~

树林里住着一个精灵。

其实以前树林里住着很多精灵，

后来不知都跑哪里去了，现在只剩它自己。

也不知过了几百年，还是几千年，

树林里依旧只有这一个精灵。

有一天，精灵在树林里徘徊，

看到一个小女孩儿正在树下许愿。

第二天，小女孩儿又来了。

第三天，她也来了。

之后每天，小女孩儿都会来到那棵树下许愿。

精灵很喜欢那个小女孩儿。

虽然她总是愁眉苦脸的，

虽然精灵每次只能躲在角落里偷偷地看她，

可它还是每天都期盼着小女孩儿的到来。

有一天，精灵实在想见见小女孩儿的笑容，

于是它就帮小女孩儿实现了愿望。

然后，精灵就后悔了……

因为从那以后，小女孩儿就再也没来过树林……

不许动！！

站住~
不许动~

哎~
我说你没事儿吧！

这姿势……
可不好站啊……

绝对的脑子有问题，
服了……

赶紧多跑几步~

最近有点不顺心的事……
不知啥时起，
我的东西开始一个接一个地离奇失踪……
一开始是小东西，咱才不放在心上……

可今天，终于，钱包失踪了！
太诡异了，难以置信……
罪犯肯定就在附近！

你没去过那家店？
那儿的下酒菜很不错呢！

哦……是吗？

奇怪，那两人啥时变得那么熟了？

啊……是吗？

这花叫吊兰，
跟你说多少回了……

各种可疑……
各种有鬼……

唉~~~

罪犯一定就是我身边的人，
但是我真的要把他们抓出来吗？
还是干脆装作不知道？
痛苦死了，做人真纠结……

其实大衣口袋破了个洞……

撕~

吼吼……

你要干啥？

去饭馆吃饭……

没啥事……

不好好吃饭干啥呢？

我这可是新鞋啊新鞋~

糟糕！

就好比窗外平静的风景，

我的心情也一样平静。

雨水一滴一滴从我眼前落下，

好像在对我说：

"没事儿的，没事儿的。"

没什么事会让我特别难过，

也没什么事会让我痛苦不堪。

"没事儿的。"

你的这一句话给了我莫大的安慰。

我一直装作满不在乎，

自己骗自己。

现在能听到你对我说：

"没事儿的。"

而我现在，

真的没事儿了……

心里想着搬家很容易，
真开始搬就觉得难了……

我这样好像是在拍电影啊！

哟吼~

边喝咖啡边等公交车什么的……

车来啦！火速冲过去，结果把咖啡忘一边儿了……

哦买嘎，可还剩着不少呢！

咖啡啊，对不住了，我先走一步的说~

啊呀，还在呢……

两个小时后，办完事回来正巧又经过那里，我落下的那杯咖啡竟然还在那儿。

自己玩儿得正开心，突然一个巨大的黑影飘过来……
吓了一大跳，正想逃跑，
仔细一看，原来……

是只鸽子……

忘记充公交卡了，
本来想投个一千韩元，
结果一激动，
一万韩元进去了……

在我后面的大叔，
貌似是受我传染=ω=
（豪爽地把公交卡丢了进去……）

我找回90个100韩元硬币就OK了
大叔你嘞？

很多人都有过一两回这种体验，
好吧，也可能是每天都体验。

在公交车上要是不小心睡着了，
快到目的地的时候总是能一下子醒来。

今天我在公交车上睡啊睡，
猛然睁开眼睛，看看窗外，
正好快要到我家门口。
于是果断下车！
咱这"到站闹钟模式"不是盖的！！

但是吧……
其实我……

人家是去上班的呀~~~

一.,一;;

网吧里坐在我旁边的大叔用手指费劲地"点字"……

蜡笔小新: 哎我说, 你是啥? x-man吗?
蜡笔小新: so慢啊……
蜡笔小新: 你是不是小学生啊?
蜡笔小新: 要真是小学生, 还是出去踢球去吧!
爱好者: 不是
蜡笔小新: 啥不是啊?
蜡笔小新: 你敢说句我能懂的话嘛……

蜡笔小新: 就是因为你, 我们才老玩儿不赢的……
蜡笔小新: 这么简单怎么你就做不来呢?
蜡笔小新: 有啥想法没, 你倒是说句话呀!
蜡笔小新: 瞧瞧, 连个为自己反驳的话都莫有!
蜡笔小新: 好好的游戏让你玩儿成这样, 可不没话说了……
爱好者: 我也是很认真n玩y……
蜡笔小新: 哎你还真是, 哪儿是认真了, 倒是说说看哪

蜡笔小新: 都说现在的孩子们, 聊起天儿来那个神速啊……
蜡笔小新: 朋友们都不和你玩儿吧?
蜡笔小新: 朋友们为啥都不喜欢你, 你知道吗?
蜡笔小新: 就因为你游戏玩儿得太烂, 所以才不喜欢你的……
蜡笔小新: 你现在也是在猛练吧?
蜡笔小新: 那你也最好玩儿啊, 免得影响我们游戏质量!
蜡笔小新: 街上的阿猫阿狗玩得都不比你差好吧……
蜡笔小新: 跟你玩游戏我简直就成了被害者!

蜡笔小新: 咋不说话, 心虚啦?
蜡笔小新: 不稀得搭理我?
蜡笔小新: 得了那您赶紧着关机走人吧~
蜡笔小新: 怎么, 想坐到最后是吧?
蜡笔小新: 本人不爽, 赶紧离场……
蜡笔小新: 但愿我们再也别碰到了……
爱好者: 刚才 是你失i礼la
蜡笔小新: 哪儿跟哪儿呀, 你这说都不会话啦!
蜡笔小新: 劝你还是去玩儿没人玩儿的游戏吧!

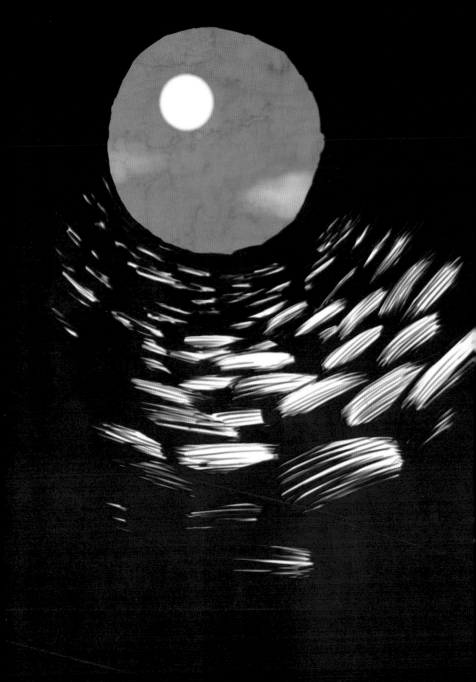

感觉口渴难耐，于是开始自己挖井。

本以为很快就能挖出水，

可好像并不如想象中那么容易。

挖啊挖，时间越久就越来越渴。

挖了好长时间，还是见不到水。

正想放弃，重新换个地方挖的时候，

我抬头看了一下天空。

从天上好像能看到我挖的井！

于是我又重新开始挖……

有天，我忘记带钥匙了……

我开始从四周下手，
找机会把门搞开。

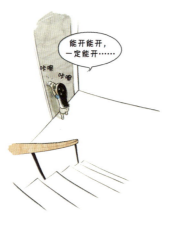

没有钥匙我都能把门弄开。
想不到我还有这样的特异功能。
一定要找机会把它发挥到极致啊！

于是……
我要再验证一次
自己的特异功能。

结果那天晚上去网吧睡的……

我这倒霉的自信心……

一个月前，我去了趟朋友的老家，
因为想着得把朋友去世的消息告诉他的家人。

我的朋友从小就失去了父母，和奶奶一起生活。
为了求学，他只身来到了首尔。

他一直很挂念年迈的奶奶，
每天都给奶奶打电话。
天气冷的时候也没法儿回去看她老人家，
朋友也一直觉得很抱歉。

可一个月前，突然下了很大的雪。
朋友很担心奶奶，于是坐上了回家的大巴。
因为雪下得太大，道路都被封死了。
大巴上播放的新闻里，传来雪灾严重的消息。
朋友不放心奶奶一个人在家，终于忍不住，
顶着大雪，徒步往家走。

然而大自然就是这样可怕，
朋友最终在雪灾中遇难，再也回不去了。

我走在去朋友家的路上，
想起他每次跟我提到他老家，脸上都是藏不住的开心。

顺着朋友说的那条路，我走到了他奶奶家。
奶奶正在院子里烧火。
"您好！"
"嗯？"
"我是您孙子的朋友。"
"嗯？孙子回来啦？"
"不是不是……我是……"

奶奶可能误把我认成自己孙子了。
她兴奋地说着孙子回来啦，连搂带抱的，
说着就开始给我准备晚饭。
可能年迈的奶奶已经失去了太多，
她太想孙子了，于是情不自禁地把我当成了自己的孙子。

跟奶奶吃完晚饭，我给奶奶讲了好多首尔的故事。
一边吃着奶奶做的蒸土豆，一边陪奶奶看电视，
我还真的感觉自己就是奶奶的孙子。

这话我怎样说出口呢……

那天晚上我怎么也睡不着。

第二天，我收拾行李准备回首尔了。
"奶奶，我要回去了。"
"知道啦，太冷了，赶紧回吧~"
"您保重啊。"
"行，你也好好照顾自己啊。你……还会回来吧？"
"……"
"还会回来吗？"
"当……当然会啦。"
那瞬间，我看到了奶奶眼中的泪光。

在回首尔的路上，我想了一下，
奶奶跟孙子说："还会回来吗？"
这有点奇怪啊。
孙子回老家按说是很正常的，
奶奶这样一问，好像孙子永远都不回去了似的。

过了一段时间我知道了。
原来朋友出事的第二天，
医院就把孙子遇难的噩耗告诉了奶奶。

知道这个之后，我胸口一阵阵地发热。

这次过年，我买了去奶奶家的火车票。

奶奶，我好想你啊……

不小心把键盘掉地上了，
空格键凹进去了……

听人家说把键盘拆了
会比较好清洗……

嘿嘿~
别人能，
我也能！

开始拆键盘…

拆完了里面忽然倒出好多橡皮屑……

呃……
哪儿来的这些？

貌似每个键里都有……

但颜色咋还不一样呢？
有点儿意思……

洗好了，
装上……
怎么数字键
对不上了呢？

嗯……
把小键盘的数字键补到上面去吧，
就这样……

呼噜~　呼噜~

老大~
可疼死我了啊~

之后……我便彻底打不了字了……

回味一下好久不看的漫画书……

嘿嘿嘿……

还有嘛~还有嘛~

不经意……

哦买噶~

突然从里面掉出来当年偷偷攒的三万韩元！

再找找~再找找~

必须有~必须有~

有了才怪呢！

PART 2

回忆　　－　**MEMORY**

这可是我人生中头一次
拿到六万块"巨款"。

你的鞋看着太旧了,
有钱的话去买双新的吧!

啊!
这让我突然想起来……

立刻不淡定了,
我要拿这个买饼干、
买玩具、买小汽车,
还要去抓奖!
然后剩多少呢?
剩下的干啥呢?
嗯……

六万哪……

六万哪……

可是……
老妈说要去给我买鞋,
便拿去了那些钱。

果然第二天买来了新鞋。
愿望落空的我只能安慰自己说:
"也对也对,
旧鞋穿不下了当然要买新的啦!"

我九岁那年,
爸爸的朋友们来家里做客。
有个叔叔夸我可爱,
然后塞给我一万韩元。
于是,旁边的叔叔们也都跟着
塞我一张一万韩元。

小家伙真可爱……

好可爱……

给,零花钱……

我儿真乖……

悲催的是……
转天我在垃圾桶里发现了这双鞋的价签。

呃，想……

想啥呢？还不吃饭？

在我九岁的人生里，
我学会了在合适的时候，做出合适的表情……

为什么真正的感觉总是后知后觉?
当时你并不知道,原来跟我在一起是这样开心……

记得我九岁那年的圣诞节……

从九岁到现在我一直都在想……

如果那天我把贺卡给那个女生的话，
她会很开心吗？

我听说，

鞋带一开，

就是有人在想我。

今天鞋带开了三次，

可这次我想就这样放着。

今天鞋带开了，我想起了……

好久不见的你。

这是高二时发生的回事……
我上课总偷着画画，
所以成绩永远是中下游……

坐我后面的全校第一的同学说要帮我作弊，
我胆子小，没敢同意。
他一直鼓动我说做一回试试，
于是我便屈服了……

计划是这样的：
先题号后选项，
我感知屁股下的"震动"就好……

超紧张……

紧张……

紧张……

爽吧？！　全校第140名！！

从来都是全校第500名开外的我……

不管你小子是真努力的，
还是作弊来的······

你可给我做好思想准备······
反正下次成绩要是掉下去的话，

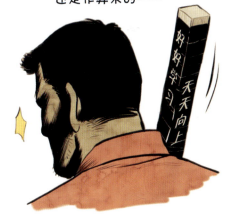

······

于是······

我就这样考上了大学。

云淡风轻的季节，

男人的季节，

读书的季节。

还没有感觉，落叶就都已经飘落了，

它们告诉我，

秋天已经过去了……

半路发现棒球场……

卤卤 九岁的时候……

过来跟我们打棒球吧！

卤卤，你投个球看看！

快投啊！

我？

哇~姿势好专业啊！

真帅！

要快……

要快……

让我来吗？

我九岁的时候就开始投球了……

觉得讲出来怪臭屁的，所以一直没讲。

说白了，我还是没有天分……
T_T

世上可能有很多伤心的人……
不，世上就是有很多伤心的人！
他们在我的身边来来回回，
我还自以为是地想帮人家解忧，
却不料被刺了更深的伤口……

想逃，却逃不掉。
每天都是这样伤心地走过……
让自己狠心转头不再看到他们的伤口，
这份狠心却变成怜悯，贴在了我的背上。

在狠心转身的时候，
在不后悔自己离开的时候，

我的决心，
已经变成了像指纹一样不能消失的伤疤……

哲诛和小白一起生活。

突然，

小白想见哲诛。

哲诛每天都要去上学。

哲诛~

有蝴蝶和花儿的陪伴，
小白也不觉得孤单。

小白决定要去找哲诛。

小白肚子饿了，
就去厨房找东西吃。

哲诛每天早上都说不要跟过来，
可现在不是早晨。

小白吃饱了，
就会想自己要做些什么……

外面路也宽，人也多……

也有很可怕的人……

走了一个小时，
小白到了哲诛的学校。

小白很怕被哲诛骂……

可还是鼓起勇气
走进了教室。

哲诛竟然很欢迎小白……

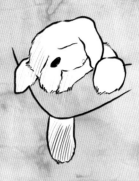

可能是累了，
小白在哲诛的怀里睡着了。

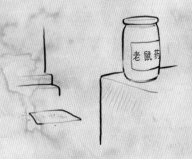

老鼠药

小白做着跟哲诛一起玩儿的梦，
永远地睡去了……

63

随着年龄的增大，
　　回家的路变得越来越远……

WING

今天有防空演习……

嘀—嘀—嘀—

没看到扩音器，
却从那里传来警报声……

知道啥？

傻小子过来，
你连这都不知道吗？

啊？

我们国家有秘密组织起来的
"大妈防卫队"。
防空演习的时候，
那些大妈直接上屋顶，
用嘴发出警报声！

啊！

肯定是你编的！

嗡嗡～嗡～
嗡～嗡～
嗡～嗡～嗡～
嗡～

笨死了你……

真是的……

不是，是小时候叔叔告诉我的……

一想确实可笑……

闷声不响的天空，
哗哗地下起了雨。
要是这天气出去溜达的话，
会像天气一样觉得郁闷。

可是在屋里看着窗外的雨丝，
却觉得很有雅兴。

再来上一杯可可的话，
真是不要太幸福啊……

最重要的是我没有在窗外，
所以才觉得无比幸运。

明天穿啥呢?

去东大门的话，

虽说都是流行的衣服，

但同一件衣服，N多商铺里都有。

等到我买的时候，

可能已经有很多人都买了。

在街上跟人家撞衫的几率真是……

不要太高啊！

新衣服终于要上身啦！

只有卫生间里有镜子，
过几天再去买一个吧……

咦……
这里是不是脏了？

唰唰……

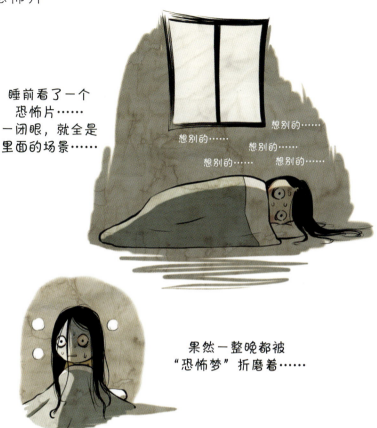

睡前看了一个
恐怖片······
一闭眼，就全是
里面的场景······

想别的······
想别的······
想别的······
想别的······
想别的······

果然一整晚都被
"恐怖梦"折磨着······

你咋啦？
一脸倦容······

昨晚看恐怖片，
睡得太"好"了······

蛇，一条又一条······
啊······唉

等等，蛇？！

然后我就买彩票去了······
（我不是迷信！我不是迷信！我不是迷信······）
注：在韩国，据说梦到蛇就是预兆要发点小财。

有时候做梦，

会梦到自己在空荡荡的路上徘徊。

走啊走啊，

结果发现自己一直在同一条路上走，

吓了自己一跳！

跟在漆黑夜晚找不到路相比，

更可怕的是——

放弃去找寻别的路。

最近几天都睡不着……

数羊试试看…

好像还是没有效果……

干脆通宵一晚，明天直接去上班算了……

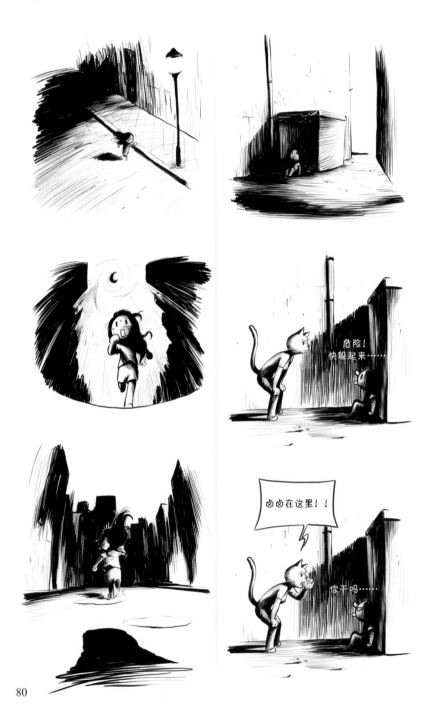

在旧箱子里发现了久远回忆。

于是那一天，

我几乎什么都没做。

经常路过我家附近
那家卖电器的……

想看点什么？
有需要的跟我说……

啊，我是想……
要不要买个MP3……

我只是路过……路过……

不买也行，
看看再走呗……

外面那么热，
就在这里看看呗……

其实，
我现在就
想买的……

看看这款吧，
外观好看，
很多人都买。

这个最近
卖得很好……

啊~这个是15万，
能触摸，音质好还不贵……

这……
这个多钱啊？

忍住…… 忍住……

忍住…… 卤卤

那个大叔越拿越多，
搞得我压力也越来越大……

不好意思，
我现在没有带那么
多的现金……

15万已经很便宜了，
不信你看别处，
都没有这个价钱！

以后、
以后再来……

我勇敢地站了起来……

现在买的话……
13万，不！
10万卖给你了！
拿走吧，拿走吧！

嘿嘿……

正等你这句话呢……

鼻子不通气，呼吸困难，
鼻涕擦都擦不完……

啊！！通啦！！

等会儿再擦好了……

整理书房、整理旧书时，

时不时从书里掉出些东西，

书签、笔记，有时还有钱……

一边整理一边看以前乱写乱画的东西，最有意思了。

看到以前画得好玩儿的内容，

就忍不住一页页地读下去。

结果，时间就这样边读边溜走了……

几天前有个男生来卖旧书，

说自己明天就要移民走了，有好多旧书要卖。

反正捡着个便宜，不买白不买。

一翻开这男生的书，里面无比干净、无比新，

就像……没有看过似的。

其中一本书里，我发现了一封信。

没打开的样子，也没写主人，

在"道德问题"上纠结了一会儿，还是输给了好奇心。

于是，果断打开看了……

*T*o 诚敏

我想紧紧抓住你……

却知道想紧紧抓住一个人的心并没有想象中容易。

好，就这样吧…… 分手吧，我们分手吧……

我也并不想两个人互相煎熬……

我答应以后不再跟你联系了。

但最后，你能答应我一个请求吗？

　　　　一年后的今天……

　　　　在那个公园里……

能让我再见你一次吗？

我知道这样的要求有点无理………

我们交往也很长时间了，不是吗？

再次见面就当作分手礼物，可以吗？

一个月后我就做手术了……

我一定会努力调养，一年后健健康康地出现在你面前……

　　　　一定，要来见我……

　　　　　　一定，拜托了……

　　　　　　　　　　　　　修贤

信上的日期是一年前的昨天。

昨天，我在附近的公园玩儿了一天，

可能不是信中说的公园。

但我知道的公园只有这地方，

在那里并没有见到信里的主人公！

一整天我都心不在焉的，

主人公后来怎么样了呢？

胸中憋闷，看不到真相，真是让人心焦啊！

慢吞吞地继续整理旧书，

感觉今天旧书里的乱画没那么有意思了。

在快整理完的时候，一本书里掉出张纸条：

"谢谢你能守约……"

纸条里是这样写的。

PART 3
啼笑皆非 — IRONY

上次跟朋友自驾去玩儿……

这路不要太堵啊！
我快饿死了！

我也饿啊~

我们先去别处
吃个饭不行吗？

必须不行啊，现在都这么堵了，
再不快走，一会儿更没法走啦！

啊！那边有家"天国紫菜包饭"，
趁着堵车走不动，
我先过去买一点回来吧……

嘀嘀~~~

嘀嘀~~~

卤卤啊，
赶紧跑回来啊！

啊……

可能一会儿又堵了~
趁着能走我们得赶紧走~

你可要调整好步调~
先别跑太快~
一会儿没力气追了~

我……我从没像现在这样盼望赶紧堵车……

咩哈哈哈~

噗~哈哈哈~

有天我去网吧……

咩哈哈哈~

邻座一直旁若无人地哈哈大笑，
像在自己家里一样。于是我忍无可忍了……

我说，咱能小声点吗？

气鼓鼓

哦呦呦~~~

没听到吗？

等到下第一场雪时，我们约会吧！
很多恋人这样约定之后，最终却分手了。
其实，赴约相见并没有多难。

难的是，下第一场雪的那天，
拿出勇气，
在相见的时候提出分离。

如果有人约你下第一场雪时相见，
那就是对你的表白。

想见就说想见，不想见就说不想见。
如果假装赴约而实则离别，
这算什么勇气！

下第一场雪的时候，
我们约会吧！

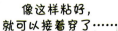

像这样粘好，
就可以接着穿了……

嘿嘿嘿~

用打火机加热一下，
应该干得更快吧？

着火的话
可就有的乐啦！

唰~

我嘞个去~

记住，这招不好使哦！T_T……

可能是我想太多了，
做梦都是脑子里想的东西……

睡梦中醒来都气喘吁吁……

在便利店买回了啤酒。

顶着夜色跑出去，

一口气喝个精光！

喝完一听啤酒，
总算镇定了些……

有人说，半夜做噩梦，
说不定是好运当头的征兆……

果然，中奖啦！
咩哈哈哈~

刮、刮……

半夜好想你~
半夜好想你~

现在你对我很好，

但我猜这不是你的真心吧！

没错，我现在戴着一副无辜小熊般的面具。

我猜，迟早有一天你会对我失望吧！

不，我不会让这种事发生的！

我会一辈子戴着这个假装善良的小熊面具，

骗你一辈子……

惊喜~~~

有时呆呆地望着窗外，

会有种想跳窗而出的冲动。

等待我的一定是比这小房间更加神秘的世界。

可是我无法离开！

挑战未知的新世界，

对于我来说，

终究只是可想不可做的事情……

有回朋友请我吃饭……

总共一万两千韩元……

那个……好像是我的衣服……

……

啥!

有什么急事吗？走得那么快？

没有，没啥事……

你是觉得我很丢脸吗，卤卤……

不要逼我！白痴是会传染哒~~~

有一回跟朋友们去吃烤肉……

卤卤你会不会
吃肉啊，来吃肉的，
吃那么多饭干啥？

都让饭填饱了，
哪儿还吃得下肉啊，
傻卤卤！

可我就是吃饭吃得多……

没有饭我是吃不下肉的，
所以为了猛吃肉，
我就得猛吃饭……

麻烦你
再来碗饭，肉也加两人份，

还有、还有……
生菜和蘸酱也再来点……

于是我亲自给大家"表演"，
猛吃饭也猛吃肉是完全没有问题的……

人家就是不会吃肉～～～

人家就是不会吃肉～～～

人家就是不会吃肉～～～

那天吃完之后，
请客的朋友说他收到了人家发给他的短信……

……你这都请第三回客了，好吧……

呜……
我的钥匙哪儿去了？
（冤有头债有主啊！）

我是没有心脏的机器人，

我不像人类似的满心欲望。

我要做的事情只有一个，

就是在那女人身边保护她。

我观察那女人很久了。

看到了很多，也感受到了很多。

虽然我还是理解不了人类的感情，

但我知道我可以像这样永远留在她的身边。

但是，

我是一个不良产品。

她就是这样说的……

"你就是不良产品！"

没错。

爱上她的我，成了不良产品……

只要你想见一个人，
就一定能见得到。

119

呵呵呵……

有天跟朋友们打篮球去了……

上篮~

好久没打篮球了，
但是咱实力还是
一点都没退步！

好样的~

投篮~

就那五分钟里一点都没退步……

5 | 马路边

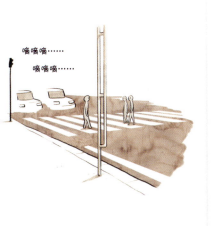

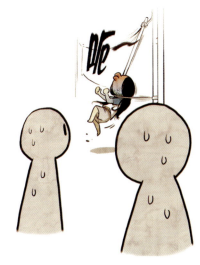

难道他没看见……

一开始，我就知道要走这里。

但是，我害怕走进不知有没有尽头的山洞。

所以一次……又一次地……推迟。

最终鼓起勇气进去了，
山洞里比想象中还黑。

而且很深很深。

忘掉胆小跟懒惰的我，鼓起勇气走向尽头。

我终于找到了我自己……

从前在一个小村落里，
有一个长着翅膀的小女孩儿出生了。

人们说那个翅膀是天使赐予她的礼物。
他们为女孩儿的诞生而感到高兴，
都觉得女孩儿一定会给村子带来福气。
大家都期待着她将来能为村子做些什么。

长着翅膀的女孩儿在村民的关爱和祝福中长大……

随着时间的流逝，女孩儿已经十岁了。
每天都有村民来到女孩儿的面前，请求她实现自己的愿望。

可是，长着翅膀的女孩儿和普通的女孩儿一样平凡。
村民们开始议论纷纷，
他们不理解为什么长翅膀的女孩儿什么本事都没有。

"你要真是受到了上天的祝福的话，就用翅膀飞一下！"
"我只是个普通人，不能飞上天……"
"那你为什么长着翅膀？"
"……"

长着翅膀的女孩儿什么话也说不出来。
村民开始每天都来抱怨女孩儿什么也干不了。

突然有一天，长着翅膀的女孩儿说：
"我飞一飞试试看！"

大家又开始期待了……
女孩儿终于下定决心，要为大家做点什么。
长着翅膀的女孩儿走到了悬崖边，
大家非常期待，等待着女孩儿飞起来。

可是，
女孩儿的翅膀，

现在还很小……

一到夏天，我就爱穿拖鞋……

啊~

遇到水坑也不怕，
这不是拖鞋的特权吗？嘿嘿~

拖鞋……
变成了奇怪的模样……T.T;;

公交车~

公交车开动了……

我搜~

我搜~

赶不上这趟车就迟到了……

能让我飞翔的契机……

结果……

让人预想不到的事情发生了……

过节的时候家人围坐在一起打牌…

我这朵花，
是向着你开的。

朋友要举行婚礼了⋯⋯

拜托我给他们唱祝歌⋯⋯

好久不联系的朋友突然打来电话……
"你可得守约啊！"
"啥约？"
"咱10年前不说好了嘛！"
"10年前？"
"我要结婚啦~"

"啊……"

对呀，没错……
当年我说等这小子结婚的时候，
我要去唱祝歌呢！

眼瞅着他这就要结婚了……
我得练练嗓子，又没地方练，于是就去KTV了。

那次之后……
好多朋友啊、前辈啊结婚的时候，
都会请我去唱祝歌。

就这样一次又一次地，
以助兴的形式出现在他们的婚礼录像中。

我也想当一回主人公啊!
唉……

羡慕嫉妒恨……

不然下次谁再请我……

我故意给他们来个恶搞祝歌好了……

有个少女叫美美，
美美有着不平凡的心脏。
她的心脏，
比别人跳得慢。

美美觉得，
心跳一点点变慢的话，
终有一天，是会停止的。

但是有一天，美美有喜欢的人了……

爱情就是……
随着他的一举一动，心跳会变快。
他随意叫一声："美美！"
美美的心脏，就得到了力量。
可有了爱情，不代表有了幸福……

爱情离去的时候，
美美觉得，再也不会遇上那样的人了，
过不了多久，心跳会停止吧……

可是，美美没有变成她想的那样，
想起令人心疼的回忆，
美美会心跳加快。

从那以后……
直到今天，
美美还是那样，
忘不掉跟他的回忆。

直到现在还活在回忆之中……

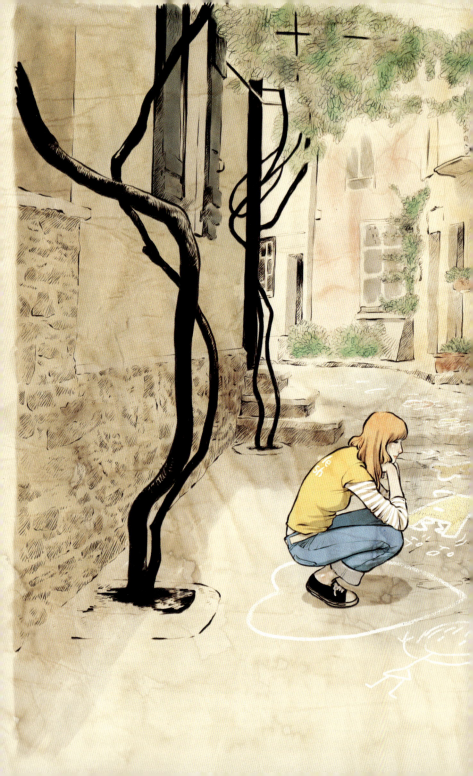

PART 4

爱情就是······ – LOVE IS...

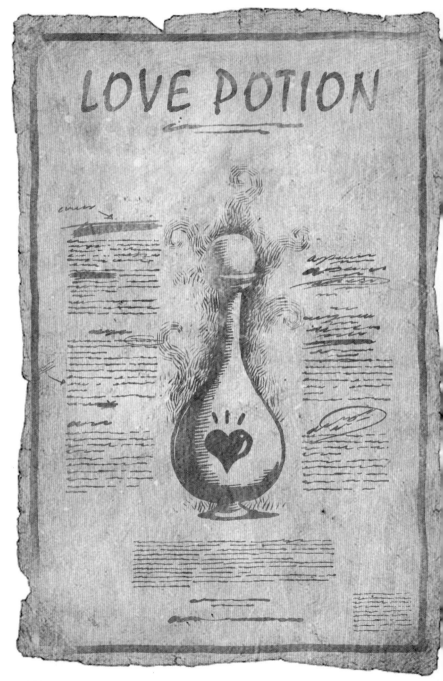

从前有个丑女孩儿，

因为长得丑，所以从小被人家欺负。

丑女孩儿怕见人，于是跑到了深山里去住。

她无数次埋怨着自己的长相，天天活在痛苦之中。

有一天，一个正在旅行的魔法师路过深山，

无比颓废的丑女孩儿让他实在看不下去了。

于是，魔法师掏出了一瓶"丘比特药水"。

"只要喝了这个药水，谁都会喜欢上你的！"

而女孩儿却陷入了苦恼之中……

即便真有人喝了"丘比特药水"喜欢上了她，

可她也没有勇气去面对那个人。

因为女孩儿比谁都讨厌自己的丑脸！

顶着自己讨厌的脸，

让她如何去面对喜欢自己的人呢？

于是……

女孩儿自己喝了"丘比特药水"。

从此，女孩儿喜欢上了自己的脸。

凌晨2点，
收到一条发错的短信……

"对不起……对不起……
像我这种人没有资格活下去，
真的对不起……对不起！"

大半夜的碰到这种事，
真是不要让人太纠结啊！
我是回还是不回呢？
于是我回了……

"你有资格活下去⊃_ᘳ"

对方没再回……

搞得我也睡不着了……

其实啊，
一个人到底有没有资格活着，
我也不知道谁说了算。

反正绝对不会是你自己！

开心地散步去邮局，

寄信给你之后，

送信的那几天，

好似感情发酵的时间，

寄出的信和收到的信，

就像流淌在你我之间的清清小河……

你走以后，

我们之间就有了那个珍贵的连接点，

便是邮局。

我一直不知道为什么邮筒会刷红色的油漆，

那时我便知道了：

它是在向人们发出警告吧……

——李文才《青梅》

注：李文才（이문재），韩国著名诗人，代表作《青梅》（《푸른곰팡이》）

今天是交房租的日子，
跟房东奶奶约了下午两点见……

哦买嘎……

外面好冷啊，
早知道就直接
给奶奶打到存折里了。
冷啊~冷啊~冷~

奶奶，
您什么时候来的啊？

来了有半小时了吧！
您怎么来得这么早呀？

哎~你们年轻人要忙忙工作
我要来晚了，
不就耽误你们时间了嘛
我自己的时间多得是呐

我要是去早了，
搞不好还得挨冻。
掐点儿去吧！
嗯~再等一分钟就开路的说。

卤卤啊，你忙你的，快回去吧！

今天这么冷，奶奶还……

约定……

关怀……

我好抱歉……

觉得害羞说不出口的话，
康乃馨能代替你说……

对身子骨不灵活的老人来说，
这样可能会有点没礼貌。

所以，不能一次跨两个台阶！

那个老奶奶正在费劲地
往面包车里搬东西……

嘿哟~
嘿哟~

啊！！

放在这车上
就行了吧？

那我走啦！

我们也是
坐那辆车的……

貌似这是要集体出游吧！ =_=

那天碰到个老外…

我好像是做好事了……

一天会有好几次，
跟那些有缘的人，
擦肩而过……

地铁里面有个小孩儿在哭……

小孩儿的妈妈不知如何是好……

小孩儿也不知何时才哭到头……

小孩儿的哭声让车厢里的
气氛一下子变得很糟。

坐后面的奶奶
往前面递了个东西过来……

那边的一个奶奶给你的！

咦？

哈哈~

呵呵~

噗……

奶奶递了
一颗糖果过来……

哈~哈~哈~哈~

人们都一脸无语的表情傻笑着。
我可是从出生到现在，
头一次看到坐地铁的人都在笑。

停……

把糖放在孩子的嘴里后，
孩子就不哭了，让人难以置信。

女人是柔弱的，

可母亲是强大的。

呼……

还有母亲的母亲是很伟大的！

爱我？

不爱我？

从哪个开始呢？

无论从哪个开始，

别忘了，先看看手里的叶子。

一看便知，它永远是单数……

我呢，

虽然个子小，

但我至少可以守护这朵花⋯⋯

在街上看到一个百货店……

什么都有啊……

噢~

连自行车都没有，买那个干啥？

嘿嘿嘿~

我在那里买了……

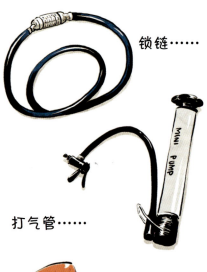

锁链……

打气管……

自行车安全灯……

嘿嘿……

昨天……

家里办了新网络，有赠品可送……

这几天我总爱趴在窗台，
不是因为喜欢温和的阳光……

也不是因为喜欢蓝天……
因为……

不许碰~ 不许碰~
不许碰~ 不许碰~
不许碰~ 不许碰~ 不许碰~
不许碰~ 不许碰~ 不许碰~
不许碰~ 不许碰~ 不许碰~
不许碰~ 不许碰~ 不许碰~
不许碰~ 不许碰~ 不许碰~ 不许碰~
不许碰~ 不许碰~ 不许碰~
不许碰~ 不许碰~ 不许碰~ 不许碰~
不许碰~ 不许碰~ 不许碰~
不许碰~ 不许碰~

不许碰~

不许碰~

不许碰~

不许碰~

我有新自行车了！

一直想学弹钢琴……

小时候在朋友家看到钢琴，
我便有了这个梦想。

可当时钢琴是富贵的象征，离我很远。
到现在我还是不会弹钢琴。

所以我……

交了一个会弹钢琴的朋友。

早上下雨，所以没有骑车出门。
回家的时候，发现车不见了！

不会吧！

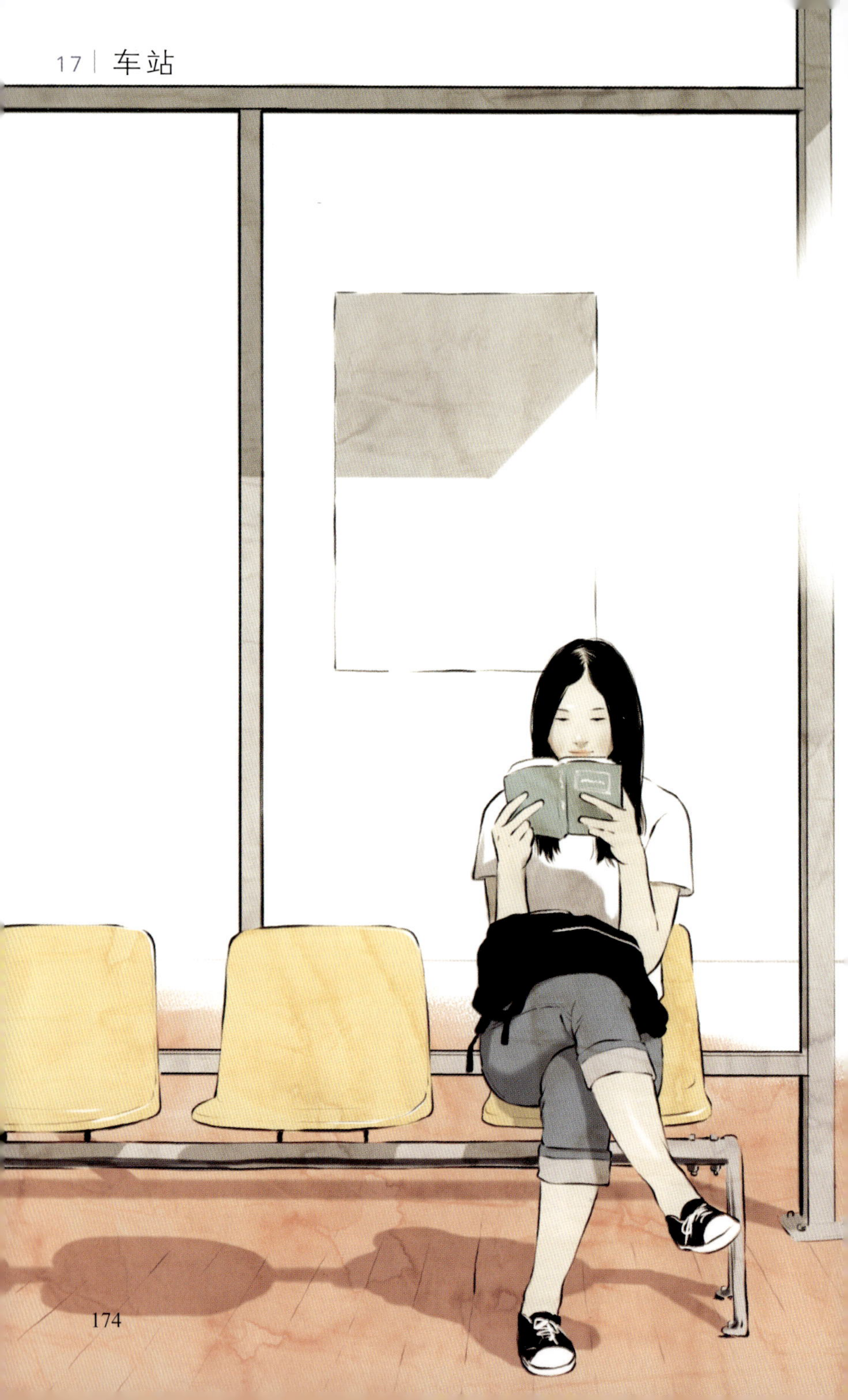

每天早上在车站，
都会看到令我产生好感的人。

可我知道，
结果总是……

什么都不会发生……

我要是跟她搭讪，
她会不会不耐烦啊？

END.

人鱼村庄里有一个公主，

她爱上了一个人类男子，

于是自己也想成为人类。

她去找魔女，

用自己的声音，

换来了人类的腿。

可是，事情并没有像她所期待的那样……

人类男子没有选择她，

而选择了别的女人。

当她知道了这一切，

后悔已经来不及了。

最终她成为了泡沫。

想得到一个人的爱，

其实不是件容易的事。

爸爸，我爱你。

你是……谁呢？

T^T

那时觉得学校就是人生的坟墓，

毕业之后……就一定能过上自由的生活。

可是毕业时说过一定要保持联系的朋友们，现在在哪里呢？

踏入社会之后，得到了一直渴望的自由。

但也终于知道，只有自由，却没有幸福……

曾经是朋友圈里核心人物的我，

经过磨炼之后，不知不觉地变成了另一个我，

一个被社会所排斥，一点一点迷失的我。

现在的我异常疲惫，

可我不会这样退缩，

不会躲避、不会逃亡、也不会放弃，

我一定要遵守承诺！

三年二班37号，跟世界比拼一下吧！

朋友们，一定要记得我呀！

周围的人咋都在看我……

怎么了？

怎么了？　　　　怎么了？

上完网，耳麦也没摘，就这么出来了……

有一天去姐姐开的披萨店，
路上看到拿着一盒披萨正在走的小侄女……

海丽？

你是回家吗？
难得一见……
给你零花钱吧，
回家买好吃的！

啊……

呃……原来认错人了……

您倒是松手啊！

我可没忘记侄女的长相……没有，绝对没有……

兴奋地心跳阵阵，睡不着觉，
手也一直在抖着……
看着窗外，夜色越来越深。
我等待这一天的到来，已经等了很久了。
一切准备完毕，
一到明天、一到明天……

明天……

去野营！

孩子们办活动，
拜托我在板子上给他们画画……

孩子们，
喷漆喷到身上可不好，
你们离远一点……

我开工啦！

唰~

……

啊！

我要是跟你走的话，就回不来了吗？

是的，我会不停地旅行，

再也不会回来了。

嗯……那就可以总跟你在一起了吗？

是的，跟我走的话，就会总跟我在一起。

哦，那好……

在海边的一个村庄里，
有一个少年。

少年的妈妈去世之前对少年说：
"人死之后，是会变成海鸥的。
所以，妈妈不是离开你。
而是总会在某个地方看着你，
所以你也要把幸福给妈妈看，好吗？"

少年的妈妈就那样……去世了。

少年每天都在海边——找妈妈。
但是，哪里都没有找到像妈妈的海鸥。

随着时间的流逝，
少年也不再找海鸥了。

他渐渐开始明白，
妈妈是想安慰自己，
才会那样讲的。

就在少年渐渐要淡忘妈妈的时候，

一天凌晨他听到奇怪的声音，便起来查看。

有只海鸥飞了来，啄着窗户。

少年吓了一跳，赶紧开窗。

海啸来了，几乎要吞了整个村庄。

少年心想肯定逃不了了，

刹那间他想起了妈妈告诉过他的话。

"难道是妈妈……？"

少年，把海鸥抱在怀里。

海啸，把少年吞噬了。

几天后……

"可能还有幸存者，大家加油找。"

"看这里。"

"怎么啦？"

"这是……"

扶起倒在地上的柱子后，

大家发现两只海鸥死在那里……

大海……
其实也就看着挺好玩的……

部队头一次派我去外部作业……

我可不想成为他们老兵那样……

野外射击训练时
看到附近起火了……

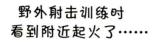

新兵卤卤
拿到灭火器了！

辛苦了！

呼……　呼……

呼……

别的部队
已经去救火了，
我们也得去帮忙，
谁跑得快啊？

新兵卤卤跑得快！

新兵是一定要举手的……

好~
现在快上山
灭火吧！

啊？

呼…

呼…

按照队长的指示，
拿灭火器迅速跑去部队……

是啊，不错呢！

那个家伙
跑得挺快嘛！

大家都充满期待地看着我……

终于灭完火了，
我也就开了下开关……

新兵嘛，也只能这样了……

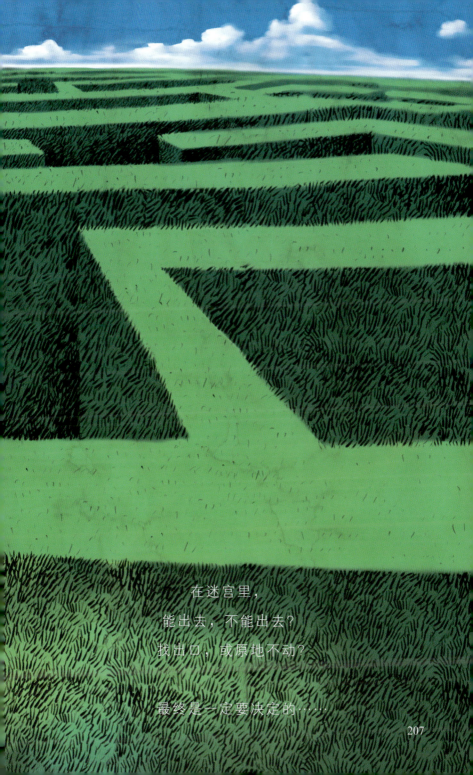

在迷宫里，

能出去，不能出去？

找出口，或原地不动？

最终是一定要决定的……

十二比十八！

从那之后，
好几回画足球场都是我画的……

自从那天起，
那个朋友的外号就成了十二比十八。

听说你入伍前运动挺强呀？

是，我以前是田径运动员！

噢~是吗，运动神经不错啊？

百米能跑几秒？

现在跑的话能跑十一秒！！

那小子肯定可以踢球去了。早知道我也说能跑步好了……

就给你十一秒！

从那以后，那个朋友每次都必须在十一秒内把球捡回来……

旅行时，

即便什么也不干只坐着，也是件开心的事情……

我把人家搞尴尬了……

你要是能因为我而开心地笑就好了。

虽然我现在瘦小又软弱，

但能够温柔地包围住你的伤口就好了。

而我现在能做的只有……

在你靠着的墙上为你画一对翅膀，

要知道，那是我能做的全部。

你只要打开那对翅膀挥一挥就可以了……

给老妈跑腿儿回来了……

崔完宇（WARU）

用一个表情、一个动作便能表现出细心和温暖的作者——WARU（崔完宇）。

大学专业是产品设计，经常在音乐社团活动。

在IT公司上班的时候，在韩国知名门户网站naver创建了自己的博客。他用自己对音乐和艺术的感觉，写出了一篇篇暖心博文。

WARU的博客"SmileBrush"至今点击量已超过400万。2008年被评选为"Power名博客"。

他在2008年6月成功举办了"SMILE BRUSH in VIADEL SOLE exhibition"个人画展。同年8月，在"国际漫画节日 POEM ＆CARTOON100年的歌谣"盛典上展出了自己的画作。

WARU用细腻的笔触和精致的画面感知生活，把沉浸在心里的故事写成本书。

WARU的博客 http://blog.naver.com/smilebrush

WARU的脑结构

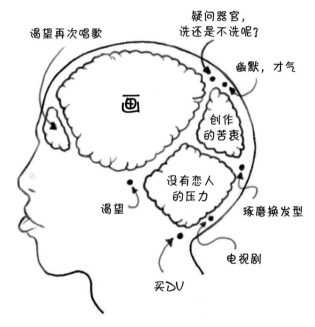

渴望再次唱歌

疑问器官，
洗还是不洗呢？

幽默，才气

画

创作
的苦衷

没有恋人
的压力

渴望

琢磨换发型

电视剧

买DV

图书在版编目（ＣＩＰ）数据

　　卤卤的困涩时光 ／（韩）崔完宇编绘；沈顺花译. —
天津：天津人民美术出版社，2012.11
　　（麦田书生活）
　　ISBN 978-7-5305-4963-6

　　Ⅰ.①卤… Ⅱ.①崔… ②沈… Ⅲ.①随笔—作品集
—韩国—现代 Ⅳ.①I312.665

中国版本图书馆CIP数据核字（2012）第206656号

著作权合同登记号　图字：02-2011-130

卤卤的困涩生活

作　　者　〔韩〕崔完宇
译　　者　沈顺花
策　　划　麦田文化（www.maitianstory.com）
出 版 人　李毅峰
责任编辑　袁金荣
技术编辑　李宝生
出版发行　天津人民美术出版社
地　　址　中国天津市和平区马场道150号　　邮编 300050
印　　刷　北京盛通印刷股份有限公司
开　　本　889毫米×1194毫米 1/32
印　　张　7
版　　次　2012年11月第1版　2012年11月第1次印刷
印　　数　1-8000
定　　价　36.00元
经　　销　全国新华书店
书　　号　ISBN 978-7-5305-4963-6